# UNE FAMILLE

DE

# PEINTRES ALSACIENS

## LES GUERIN

### 1734-1846

PAR

## ÉTIENNE CHARAVAY

ARCHIVISTE-PALÉOGRAPHE

## CHARAVAY FRÈRES, LIBRAIRES-ÉDITEURS

PARIS, RUE DE SEINE 51

1880

# LES GUERIN

# UNE FAMILLE

DE

# PEINTRES ALSACIENS

## LES GUÉRIN

1734-1846

PAR

## ÉTIENNE CHARAVAY

ARCHIVISTE-PALÉOGRAPHE

CHARAVAY FRÈRES, LIBRAIRES-ÉDITEURS

PARIS, RUE DE SEINE 51

1880

MON PERE

# LES GUERIN

Le nom de Guerin est justement célèbre dans les arts. Pierre Guerin un des meilleurs élèves de David, qui devint membre de l'Institut, directeur de l'Académie de France à Rome et baron, a laissé une réputation considérable, amoindrie un peu aujourd'hui. A côté de ce maître une famille alsacienne a jeté, elle aussi, un certain éclat sur le nom de Guerin. Durant un siècle ses membres ont été graveurs, peintres, et dessinateurs, et un d'entre eux a été un miniaturiste des plus habiles. Cette famille existe encore et son représentant actuel, M. Jules Guerin, a bien voulu me communiquer ses archives. C'est d'après ces documents inédits que j'ai essayé de reconstituer la biographie de quatre artistes, sur lesquels on n'avait jusqu'ici publié que des renseignements fort incomplets.

## JEAN, NÉ EN 1734, MORT EN 1787

Jean, né à Cry, diocèse de Langres, en 1734, était fils d'Augustin-Jean, né en 1690, et de Marie-Anne Giffard. Vers 1750, il quitta sa ville natale et alla s'établir à Strasbourg, où il se maria, le 4 avril 1755, avec Marguerite Heller, de Wissembourg. Il fut, vers cette époque, nommé graveur de la monnaie. Dès lors la famille des Guerin appartint à l'Alsace. Les renseignements nous manquent sur la carrière de Jean, mais son portrait, gravé par son fils Christophe, nous a été conservé. Ce portrait, qui est fort rare et qui nous montre l'artiste dans l'exercice même de sa profession, m'a paru digne d'être reproduit : c'est la planche originale, actuellement entre les mains de M. Jules Guerin, qui a servi pour le tirage. Je publie aussi le fac-similé de la signature de ce graveur.

Jean Guerin mourut à Strasbourg le 29 octobre 1787. Il laissa trois fils : Edmond, Christophe et Jean-Urbain. Edmond, employé d'abord à la monnaie de Strasbourg, devint commissaire des guerres sous la République. Je n'ai donc pas lieu de m'en occuper ici. Christophe et Jean-Urbain, qui ont assigné par leurs travaux un rang si honorable à leur famille dans l'histoire de l'art, ont droit à toute notre attention.

## CHRISTOPHE, NÉ EN 1758, MORT EN 1831

Christophe Guerin, fils aîné de Jean, naquit à Strasbourg le 14 février 1758. Il étudia la gravure sous Jolain et Muller et succéda à son père dans le poste de graveur de la monnaie de Strasbourg. Il obtint une réputation distinguée et fonda dans sa ville natale un musée de peinture, dont il resta toute sa vie le conservateur.

Pendant la Terreur, il déploya une grande énergie pour empêcher une bande de furieux de saccager la cathédrale de Strasbourg. Il peignit, pour calmer l'exaltation populaire, une déesse Raison, et sauva ainsi la cathédrale d'une destruction certaine.

Christophe Guerin était professeur à l'école gratuite de dessin ; il a formé plusieurs élèves, parmi lesquels Henriquel-Dupont, Bein et Muller. Outre le portrait de son père, que j'ai reproduit, cet artiste a laissé plusieurs œuvres remarquables ; je citerai plus particulièrement *l'Amour désarmé*, d'après le Corrège, *l'Ange conduisant Tobie*, d'après Raphaël, *la Danse des Muses*, d'après Jules Romain, et deux paysages, d'après Loutherbourg (1). Christophe Guerin mourut subitement à Strasbourg en septembre 1831 (2), laissant de Marie Lienhard, qu'il avait épousée en 1790, deux fils, Gabriel et Jean, dont je parlerai plus loin. Voici le fac-similé de sa signature, pris sur une lettre adressée à son fils aîné.

(1) Cf. Gabet, *Dictionnaire des artistes de l'école française au XIXᵉ siècle*; Paris, 1831, in-8.

(2) Le dossier que le petit-fils de Christophe Guerin m'a communiqué contient une lettre de Jean Guerin, datée de Musigny, le 11 octobre 1831, dans laquelle il déplore en ces termes la mort de son frère :

« Si j'osais envier quelque chose à mon digne et bon frère dans sa tombe, c'est la manière douce, inattendue et exempte de douleur dont il y est descendu. Il avait bien mérité cette dernière récompense par une vie sans tache et toute consacrée à l'accomplissement de ses devoirs et aux sentiments les plus affectueux et les plus tendres pour sa famille et ses nombreux amis. »

### JEAN-URBAIN, NÉ EN 1761, MORT EN 1835

Jean-Urbain, frère du précédent, naquit à Strasbourg le 1ᵉʳ avril 1761 (1). Il eut pour maître Huin, qui était renommé pour ses portraits au pastel. Ses premiers essais furent remarqués par le maréchal de Contades, gouverneur d'Alsace, qui envoya le jeune artiste à Paris. Jean Guerin quitta, non sans regret, sa ville natale et sa famille au mois d'octobre 1785. Il était à peine parvenu dans la capitale qu'il reçut une lettre de son père, datée de Strasbourg, le 25 novembre 1785. Voici un passage de cette missive :

Je n'ai jamais douté, mon cher Jean, des sentiments de votre cœur envers nous. Ceux que j'ai éprouvé à votre départ et ceux que je ressens encore me font connaître les vôtres. En continuant de sentir comme vous faites, avec de la prudence et l'usage du monde, vous ne manquerés pas de prospérer à Paris. Pour remplir utilement l'objet de votre voyage, il ne faudra, mon cher fils, donner à la dissipation que le tems que vous ne pourrés pas donner à l'étude. Voyés Mʳˢ Jollain (2) et Pajou (3) pour l'affaire de l'académie. C'est un point essentiel qu'il ne faut pas négliger. Faites-nous part de ce que vous aurés vu de remarquable et d'intéressant. Ménagés votre bourse et votre santé.

Jean Guerin suivit les conseils paternels. Il n'était pas trop isolé à Paris, où il retrouvait des protecteurs éclairés, parmi lesquels le baron de Dietrich, et des compatriotes, qui lui firent le meilleur accueil Il n'entra pas comme élève à l'Académie de peinture, ainsi que le désirait son père, mais il s'adonna à la miniature, genre alors fort à la mode. Il n'y avait pas en effet de grand seigneur ni de grande dame qui ne se fît peindre par un miniaturiste. La famille royale avait donné sur ce point un exemple que toute la cour s'était empressée d'imiter. Les bagues,

(1) C'est la date qu'il donne dans son journal.
(2) Nicolas-René Jollain, peintre d'histoire, membre de l'Académie, garde du muséum du Roi.
(3) Augustin Pajou, le sculpteur.

les bonbonnières, les coffrets, les tabatières étaient ornés de miniatures. Quel courtisan eût été assez mal appris pour ne pas avoir le portrait de la reine Marie-Antoinette, soit à son doigt sur une bague, soit sur une bonbonnière dans la poche de son habit ? La reine se faisait peindre ou faisait peindre ses enfants et elle donnait ces portraits montés sur des bonbonnières en écaille ou sur des bagues d'or à ses intimes, à sa bonne amie Yolande de Polignac, par exemple (1). Jean Guerin obtint de faire le portrait de la maréchale de Matignon ; il réussit à souhait et cette œuvre remarquable lui valut de nombreuses commandes et la protection de Marie-Antoinette. Il peignit le Roi et la Reine (2) et fut dès lors un miniaturiste à la mode. Les Praslin, les Choiseul, les Rohan, les Chabrillan, les Breteuil, les Montmorency, les La Rochefoucauld, les Croy, les Mailly, les Praslin, les Sérent, les La Ferté, les Montmorin, les Liancourt, les Broglie, pour ne citer que les plus grands noms, tinrent à honneur de poser devant le jeune et brillant artiste. C'était la gloire, mais non la fortune. Déjà la crise politique se faisait sentir : les grands seigneurs payaient peu et mal. Jean Guerin, d'une santé débile, atteint d'une névrose, se laissait souvent aller au découragement. Hors d'état de payer ses dettes, parce que ses nobles clients ne soldaient pas le prix de leurs portraits, il ne trouvait de consolation que dans l'amitié de quelques compatriotes et dans la culture de la musique, qu'il aimait passionnément. Le 1er janvier 1788 il commença la rédaction d'un journal où il consigna chaque jour par le menu ses faits et gestes et ses réflexions (3). Dès les premières pages son état maladif se révèle avec une grande intensité. A la date du 19 novembre 1788 on lit ce passage, qui peint si bien le caractère de Jean Guerin :

Je ne suis point content de moi aujourd'hui, ou, pour mieux dire encor, une mélancolie noire me ronge depuis près de trois semaines. Toutes les jouissances que la société de

(1) Cf. catalogue de *Miniatures et autographes concernant Marie-Antoinette et la famille royale*, publié en février 1877 par M. Étienne Charavay.

(2) Ces portraits appartenaient au comte de Germiny, sénateur, décédé en 1870. (Cf. Notice de M. Reiset sur les dessins, cartons, etc., exposés dans les galeries du Louvre. p. 323.)

(3) Ce journal est entre les mains de M. Jules Guerin, qui me l'a gracieusement communiqué. Il commence au 1er janvier 1788 et finit le 25 juillet 1792. Un cahier, qui allait du 7 mai au 31 octobre 1788, a été perdu. C'est de ce journal que j'ai tiré la biographie de Jean Guerin et de curieux détails sur certains épisodes de la Révolution.

mes amis m'a pu procurer depuis ce tems n'ont pas atteint mon cœur. J'ai feint ce que je ne ressentais pas, ce que je ne pouvais pas ressentir en un mot. Les causes de cet étrange état ne me sont pas inconnues ; depuis que je sais ce que c'est que les peines de la vie, je ne m'afflige plus comme autrefois parce que je trouve doux de m'affliger. Amour, affaires, maladies et remords, voilà les sources de ma misère présente. S'il plait à celui qui gouverne tout de rendre Ros. moins frivole et plus susceptible d'attachement, de rétablir l'ordre dans mes affaires, la santé dans mon corps et la paix dans mon cœur, s'il me fait cette grâce, je lui devrai les plus beaux jours de ma vie et les actions de grace les plus ferventes. Si je me mets au travail, le découragement, dont je suis possédé pourtant, m'en chasse bientôt. Je ne l'ai pas plutôt quitté que je me reproche la perte de mon tems.... Du reste, harcelé, persécuté de tout côté, sans cesse en proie aux maladies, aux douleurs, balotté par les événemens, je mène la vie la plus insuportable de la terre et j'atteste le Dieu qui m'entend et que je révère que, sans la considération, non de l'action en soi, mais des maux qu'elle occasionnerait à ma pauvre vieille mère et autres amis, j'atteste, dis-je, que je m'en serais déjà une fois délivré depuis mon séjour à Paris, tant l'espèce de peines que j'y éprouve me sont insuportables.

Telle était la triste situation d'esprit où se trouvait Jean Guerin après trois ans de séjour à Paris. Au xviii⁰ siècle, comme aujourd'hui, les épreuves étaient rudes pour les jeunes artistes provinciaux qui venaient, pleins de talent et d'espérances, chercher gloire et fortune dans la capitale. Jean Guerin, amoureux, malade et endetté, s'exagérait évidemment les difficultés de sa situation. Le 22 novembre, toujours hanté par des pensées de suicide, il examine l'état de ses affaires et dresse le compte des sommes qui lui sont dues. C'est là un curieux document qui fournit l'indication d'un certain nombre de ses miniatures et du prix qu'il en demandait.

État des ouvrages non payés :

|  | Louis |
|---|---|
| M. de Fougy, grand ovale | 10 |
| Madame de Fougy, pour tabatière | 6 |
| Item. un camée, la tête | 6 |
| Item. une..... à la main, grand ovale | 10 |
| Deux copies de la tête | 6 · |
| Madame de La Gorce, avec mains | 6 |
| M. de Caze | 4 |
| Sa fille | 4 |
| Madame de Fougy et Madame de Caze ensemble | 8 |
| Madame la comtesse de Balbi, tête | 8 |
| La même, copie | 4 |
| Son fils Armand, en pieds | 10 |
| Madame de Chabrillant | 10 |
| Madame de Boulogne, grande tête, miniature | 8 |
| Une copie d'icelle | 4 |
| Madame de Monsanden (?), grandeur ordinaire | 6 |
| Deux copies d'icelui | 6 |
| Madame la comtesse Hipolyte de Choiseul, copie | 4 |
| Son fils enfant | 4 |
| Le cardinal de Rohan | 10 |
| Madame de Fontette | 6 |
| Son camée | 8 |
| Madame Doüet, deux copies | 6 |

On voit, par cette liste, quelle était la noble clientèle de l'artiste strasbourgeois. L'état de ses affaires, il le reconnaît lui-même, était satisfaisant ; cette constatation et un traitement que lui prescrivit le célèbre docteur Pelletan chassèrent un peu ses humeurs noires. Jean Guerin se remit au travail ; il fit les portraits de Mesdames de Langeron et de Balleroy (21 déc. 1788), de Madame de Matignon et de Madame de Montmorency sur le même médaillon (4 janvier 1789), et de la maréchale de Mailly (avril 1789). Tout en peignant ces grandes dames, il semble qu'il resta insensible à leurs charmes. Une fois cependant il inspira quelque passion à une de ses belles clientes, mais l'aventure, dont il a consigné le récit dans son journal (1), n'eut pas de conséquences.

Jean Guerin fut troublé dans ses travaux par les premiers événements de la Révolution qui commençait. Le 28 avril 1789 on pilla la maison Reveillon et, le lendemain, il alla voir les dégâts causés par l'émeute. « De belles maisons démantelées, moitié brulées, des morts teints de sang, des visages consternés et une multitude de soldats armés, voilà ce que j'y remarquai. »

Au mois de mai il peignit les portraits de la comtesse Françoise de La Palu et du chevalier de Caraman. Le 4 juin, il était au théâtre de Nicolet quand le spectacle fut interrompu par ordre, à cause de la mort du Dauphin. Le 27 suivant il partit pour Strasbourg, grâce à la libéralité d'un de ses plus zélés protecteurs, M. de Fougy, qui l'emmena avec lui. Le 30 il arriva dans sa ville natale, qu'il revit avec des transports de joie. Il y séjourna jusqu'au 13 juillet. M. de Fougy, rappelé par le comte de Provence, dut partir subitement et Jean Guerin l'accompagna. Le 15 juillet, à Toul, ils apprirent les premières nouvelles de l'insurrection parisienne ; le 18 juillet, à Chalons-sur-Marne, M. de Fougy suspendit son voyage. Jean Guerin rentra seul à Paris le 20 juillet. Deux jours plus tard il assista au meurtre de Foullon et de Bertier. Son récit mérite d'être reproduit :

Je fus au Palais-Royal (vers trois heures de l'après-midi) où j'étois à peine arrivé que l'horrible spectacle de la tête de

---

(1) Voici le récit en question : « Pour Madame de P. j'en fus traité d'une manière qui flatta extrêmement mon amour-propre, car, pendant que nous étions seuls dans son boudoir, elle me prit la main et m'obligea à m'asseoir à côté d'elle sur son sopha et me tint des discours si tendres et si pénétrants que j'eus toutes les peines imaginables à ne pas suer sang et eau. Elle voulut finalement que je lui apprisse à l'instant même tout ce que j'avais de dessin et de peinture et chercha follement un portefeuille, du papier et des crayons à cet effet. En la voyant rentrer après ce qui venait de se passer, je me sentis extrêmement ému. Pour elle, sans autre cérémonie elle s'assit sur mes genoux en me disant : J'aime les beaux-arts, mais je vous l'avoue, ajouta-t-elle avec quelque embarras, les artistes sont encor plus chers à mon cœur, surtout... La pudeur l'empêcha d'achever, car elle était rouge et avait chaud. Je saisis sa main que je baisais avec transports quand elle m'entrelassa dans ses bras comme hors d'elle et pressa ses lèvres sur les miennes. Quel feu dans mes veines. Je tremblais, en un mot, je me serais perdu et peut-être elle, sans l'arrivée de sa sœur, qui fit tant de bruit, en entrant dans le salon, qu'elle nous donna le temps de nous séparer et de respirer, ce dont j'avais grand besoin. Quand elle entra, je considérais un tableau dont je m'étais emparé à la hâte et Madame de P. dessinait avec une assurance qui m'étonna d'autant plus que la seconde d'auparavant je l'avais vue hors d'elle. O femmes ! »

Foulon, intendant de la marine, y fut porté sur une fourche avec du foin dans la bouche et son corps trainé dans la boue après par le peuple. Quelle frappante justice !... Je fus au spectacle de Monsieur voir *il Barbiere di Siviglia*, première représentation, mais ne put assés me distraire pour me faire oublier l'horreur de cette tête sanglante. J'en sortis à 9 heures pour retourner au Palais-Royal. A 10 heures, comme je voulois rentrer, des cris se firent entendre en ces termes : *Voilà l'habit de M. l'intendant de Paris !* Cet habit, en effet, étoit porté sur une perche et accompagné de flambeaux. J'en eus le frisson, quand tout-à-coup d'autres cris bien plus effrayants encore retentirent au loin : *Voilà la tête et le cœur de M. Berthier de Sauvigny, intendant de Paris !* Je regarde et à l'instant une soixantaine de cavaliers tout armés entrèrent au jardin du Palais Royal, accompagnés d'une foule immense de peuple portant flambeaux, et au milieu d'eux un lambeau de tête sur une fourche et un autre de cœur sur une autre me frappèrent la vue d'horreur !! Je me sauvai chez moi, troublé comme je ne l'ai jamais été. Ne voilà-t-il pas qu'en arrivant sur le Pont-Neuf une nouvelle foule de flambeaux viennent à ma rencontre, trainant à deux cordes attachées à chacune des jambes les restes de celui dont j'avais vu des entrailles au Palais Royal. J'en eus le frisson et résolus bien à l'avenir de ne point m'exposer à être témoin d'un pareil spectacle.

Tout épouvanté qu'il fût de ces excès populaires, Jean Guerin n'était pas défavorable aux idées nouvelles. Le 28 juillet il alla, par curiosité, voir la démolition de la Bastille et visiter tous les cachots de cette fameuse forteresse. « Je jouissais, dit-il, du triomphe du peuple en foulant aux pieds ce monstre du despotisme. » Le 29 juillet il assista, au Palais-Royal, à la grande illumination qui eut lieu en réjouissance du retour de Necker. Le 8 août il alla aux Augustins, dans la salle du Saint-Esprit, procéder à la nomination de dix-neuf électeurs et d'un député. Le 1er septembre il assista, à Versailles, à une séance des États Généraux et y entendit une motion de Mirabeau des plus remarquables.

Jean Guerin, on le voit, était absorbé par les événements. Cependant il se trouva, le 25 août, à l'ouverture du salon, où il admira, le 19 septembre, le tableau de David, *la Justice de Brutus*. « Il me fit l'impression la plus forte. Conception, exécution, tout m'en étonna. »

Jean Guerin avait, comme ami le plus intime, un Allemand, le graveur Gabriel Fiesinger, avec lequel il vivait, pour ainsi dire. Fiesinger, esprit pratique, fertile en expédients, chercha à tirer parti des événements politiques. Un éditeur, De Jabin, venait d'entreprendre une collection des portraits des membres de l'Assemblée nationale : Fiesinger résolut de lui faire concurrence et il se mit aussitôt à l'œuvre. Il associa son ami à cette vaste opération. Jean Guerin, dont la noble clientèle était en désarroi, accepta cette situation nouvelle (1). Il alla prendre les croquis des hommes le plus en renom, soit aux séances des États Généraux, soit chez les personnages eux-mêmes. C'est ainsi qu'il dessina les portraits du duc d'Orléans (20 septembre 1789), de Mirabeau (2 novembre), d'Anisson-Duperron (2 décembre), de Rabaut-Saint-Étienne (8 décembre). L'année 1789 finit sur ces entrefaites. Sans se rendre un compte exact de l'importance que cette date aurait dans l'histoire, Jean Guerin termina son journal par ces mots caractéristiques : *Fin de l'année moitié esclave, moitié libre 1789.*

Notre artiste commença l'année 1790 en exécutant une grande miniature de Madame de Langeron. Puis il dessina les portraits du duc de Clermont-Tonnerre (20 janvier), du duc de La Rochefoucauld (25 janvier), de Freteau de Peny (23 mars), de l'abbé de Montesquiou (4 mai), de Le Chapelier (6 mai). Le 28 avril il se rendit aux Jacobins pour prendre un croquis de Mirabeau. Le grand orateur était vraiment insaisissable et Guerin ne put jamais obtenir de lui une séance particulière. Ce n'était point une tâche facile que de dérober quelques instants de pose aux membres de l'Assemblée nationale. Jean Guerin dessina l'abbé Sièyes chez Madame de Condorcet (9 juin) et il obtint deux poses de dix minutes de La Fayette (28 juin et 3 juillet). Le 10 juillet il alla au-devant de cinquante Strasbourgeois qui venaient assister à la fête de la Fédération et, le 14 juillet, il s'associa à ses compatriotes. Le 28 juillet il dessina le portrait de Barère de Vieuzac, qui le reçut avec grande politesse. Ces travaux n'empêchaient pas Jean Guerin de faire les miniatures de la princesse de Hohenzollern (19 mai), de la

(1) La collection de Guerin et de Fiesinger est justement estimée. Le journal du premier de ces artistes lui donne une valeur nouvelle, car on y voit que tous les croquis étaient pris sur nature par Jean Guerin lui-même, ce qui est une sérieuse garantie de ressemblance.

marquise de Coigny (28 mai), de la princesse de Broglie (7 juin), de la duchesse de Devonshire et de milady Foster (2 août). En même temps qu'il dessinait les traits de Barère il faisait le portrait du roi de Prusse pour le comte de Sérent (30 juillet). Le 12 septembre il obtint une séance de Barnave ; puis ce fut le tour d'Alexandre de Lameth (20 nov.) et de son frère Charles (28 novembre). Enfin, le 22 décembre, il alla chez la duchesse d'Orléans, qui lui commanda de peindre les portraits de sa fille et de son fils Beaujolais, moyennant douze louis par portrait. Jean Guerin jouissait encore, on le voit, d'une grande vogue. Il est vrai de dire qu'il convenait au duc d'Orléans de choisir pour peindre ses enfants l'artiste qui reproduisait les traits des hommes les plus considérables de l'Assemblée nationale.

L'entreprise de Fiesinger réussissait et Guerin continua, durant l'année 1791, à y coopérer. Après avoir dessiné les portraits de MM. de Caraman (14 janvier) et de Narbonne (19 janvier), il obtint, le 20 mars, une séance de Robespierre, qui n'était encore qu'un petit personnage, et le 24 il alla chez Petion. Sur ces entrefaites un grave événement survint, la mort subite de Mirabeau (2 avril). Jean Guerin rend compte, dans son journal, de la consternation qui régna dans Paris, où les spectacles furent aussitôt fermés. Le 4 avril il assista aux obsèques du grand orateur. « J'y ai remarqué, dit-il, ce qui déjà plusieurs fois m'avait désagréablement frappé, savoir que quand le peuple de Paris se trouve réuni en nombre considérable, il est toujours joyeux, n'importe le motif de cette réunion. Aujourd'hui, en entendant leurs cris, leur badaude gaité, en un mot, on se serait bien plutôt imaginé qu'il s'agissait d'un bal public que de la pompe funèbre de l'un des plus respectables Pères de la Patrie. »

Le 19 avril Guerin se rendit chez David où il vit le dessin du *Serment du Jeu de paume.* Le 21, il apprit la fuite du Roi, le 22 l'arrestation de la famille royale à Varennes, et le 25, il assista au retour de Louis XVI. Ces événements l'empêchèrent de travailler, et, le 28 juin 1791, il s'enrôla dans la garde nationale, au bataillon des Filles-Saint-Thomas (1). Il assista en armes à la fête de la Fédération (14 juillet) et à la proclamation de la loi martiale (17 juillet). Le lendemain il monta la garde chez le Roi et coucha sous les tentes dressées devant le château des Tuileries. Ces devoirs de citoyen accomplis, il fit les portraits de Madame de Saint-Simon (25 juillet), de Malouet (21 août), d'Alexandre de Beauharnais (29 août), du duc d'Aiguillon (5 septembre), de

(1) Le 2 juillet il coopéra à l'élection des officiers du bataillon et, le 4, il acheta trente-six livres un bonnet de grenadier.

Goupil de Préfeln (1er octobre), et du vicomte de Ségur (22 octobre).
Le 26 octobre il fit, pour Fiesinger, un dessin en grand d'après le buste
de Mirabeau, et le 28 novembre il peignit Madame de La Charce. Le
21 décembre il rendit visite au maréchal de Ségur, avec lequel il convint
de faire le portrait de sa belle-fille, la comtesse de Ségur.

L'année 1792 s'ouvrit heureusement pour Jean Guerin. Son ami
Fiesinger vint habiter avec lui. Ce fut un grand plaisir pour tous deux.
Le 13 janvier il commença le portrait de la célèbre actrice Émilie
Contat. Cependant les événements se pressaient ; la déclaration de
guerre (20 avril) et la défaite de Lille stimulèrent le zèle du grenadier.
Le 20 juin Guerin fut témoin de l'envahissement du château des Tuileries
par le peuple et se montra un des plus ardents à sauvegarder le Roi et
sa famille. Le récit qu'il a laissé de cette mémorable journée m'a paru
digne d'être publié :

Vers midi, avant même, on battait des rappels à force et
l'on disait que les faubourgs armés devaient se porter aux
Tuileries. N'y pouvant plus tenir, je me revêtis vite de mon
uniforme et de mon fusil et fus aux Tuileries chercher mon
bataillon. La masse des 10,000 piques, dont la rue Saint-
Honoré était obstruée, demandait à grands cris à être admise
à l'Assemblée. Elle le fut. Je fus seul obligé de traverser
presque dans toute sa largeur cette canaille enrégimentée.
Ne trouvant pas mon bataillon à la place Vendôme, où je
l'avais cherché, je suis rentré aux Tuileries par les Capucins
où j'ai rencontré Ramond. Arrivé aux Tuileries j'y ai trouvé
mon bataillon. Nous marchâmes avec nos canons au château.
On nous plaça sur la terrasse en bas pour empêcher que
ces gredins n'entrassent par le jardin chez le Roi. Tous les
bataillons arrivés en firent de même, et nous restâmes là
trois heures et demie à voir défiler cette horde de coquins.
Vers quatre heures, un rappel très fort, accompagné de cris
effroyables, se fit entendre dans les cours derrière nous.
Nous courûmes aux armes et peu d'instants après ces gueux
brisèrent les portes du château, forcèrent les gardes (déjà à
demi gagnés, ainsi que la moitié des bataillons et presque

tous les canonniers) et entrèrent dans les appartements en
jetant des cris horribles, parmi lesquels on distinguait ceux-
ci : *Nous le tenons*. A l'instant tout fut en leur puissance chez
le Roi et il ne resta que sa seule chambre à coucher, dans
laquelle il s'était réfugié ainsi que la Reine et ses enfants, qui
n'était point violée, mais que l'on commençait à ouvrir à
coups de hache. Témoins de tout cela du poste où nous
étions, la plupart d'entre nous pleuraient de rage de ce qu'on
nous laissait là, tandis que les gueux étaient maîtres du château et de la vie du Roi. Dans la douleur et la rage qui nous
transportaient, nous menaçâmes notre commandant Bascaris
de le massacrer s'il ne nous faisait marcher. En effet, ne
recevant point d'ordre et craignant l'effet de notre colère, il
s'écria tout-à-coup : *Grenadiers, en avant !* Aussi nous par-
times au pas de charge et montames l'escalier du Dauphin.
En entrant dans les appartements, nous les trouvames farcis
de ces scélérats. En nous voyant entrer ferme et toujours au
pas de charge, quoique nous n'étions qu'environ 50 contre
8,000, ils s'écrièrent qu'ils ne voulaient faire de mal à personne, etc. Nous les fimes ranger à bons coups de crosse et
parvinmes enfin jusqu'à la salle du Conseil que nous fimes
vider sur le champ. A peine y étions-nous dix minutes que
la Reine, le Dauphin, Madame Royale, Mesdames de Lam-
balle et de Tarente, plusieurs autres encore, entrèrent, pâles
et tremblantes, en nous demandant protection pour elles et
les enfants. Nous fimes aussitôt cercle autour d'elles et les
enfermâmes si bien qu'il eut été impossible de les entamer.
Plus ces scélérats menaçaient et plus notre courage croissait.
Cette scène, qui dura trois heures et demie, est la plus
effroyable dont j'aie jamais été témoin. Plus de 12,000 gueux
nous entouraient, nous menaçaient, menaçaient et injuriaient
la Reine, ses enfants, etc. Elle pleurait, nous serrait contre
elle, quand le danger devenait par trop grand, et nous lui
jurions mille fois que le fer qui la touchera traversera d'abord

nos cœurs. Enfin, on vint lui annoncer que le Roi venait de rentrer vivant dans son appartement. Aussitôt elle se leva, se précipita avec ses enfants dans l'appartement et les bras du Roi et ils restèrent ainsi près de dix minutes sans mouvement. Trente des nôtres, dont j'étais, la suivirent dans l'appartement. Les vingt autres gardèrent la porte et chassèrent le reste des gueux qui voulaient encore enfoncer la porte de la chambre où ils étaient. Enfin, nous commençames à respirer, et eux aussi. Le Roi et la Reine nous demanda tour à tour nos noms, nos demeures, nos bataillons, etc., personne ne se nomma. Ils nous disaient qu'ils nous devaient la vie, nous rendant grâces, les larmes aux yeux. Nous pleurions tous en ce moment. Wermarang (?) dit à la Reine, comme capitaine de la compagnie : « Ne nous remerciez pas, Madame; nous n'avons fait que ce que d'honnêtes gens amis des lois devaient faire. Nous aurions plus fait encore... mais nous n'avions plus le brave Lafayette pour nous commander. » Tout le monde fut satisfait de cette réponse, et, après avoir donné la chasse à un certain nombre de ces coquins, qui volaient dans les appartements, les greniers, les caves et cuisines, nous rentrâmes. Il était dix heures du soir et nous n'avions, pour la plupart, point déjeuné, à plus forte raison diné (1).

(1) Cette déposition, jusqu'ici inconnue, d'un témoin oculaire fournit de curieux détails sur l'attitude de la garde nationale et du peuple. Jean Guerin, étranger à la politique, n'a pas écrit en vue de la postérité. C'est en rentrant chez lui que, selon son habitude, il a consigné ses impressions sur son journal. Son témoignage a donc une véritable valeur historique, émanant d'un acteur militant de cette fameuse journée. Guerin était dans la salle du Conseil, auprès de la Reine et du Dauphin; il pénétra ensuite près du Roi, quand le défilé du peuple fut à peu près terminé. Les détails qu'il donne sur ce qu'il a vu et entendu — en admettant l'exagération dont ne pouvait se défendre un témoin si impressionnable — me paraissent dignes de foi. Il est intéressant de comparer cette déposition au remarquable tableau que M. Louis Blanc a tracé de la journée du 20 juin (*Histoire de la Révolution française*, t. VI, p. 409-448). M. Louis Blanc, qui insiste trop peut-être sur le caractère pacifique de la manifestation populaire, n'a pas eu de renseignements précis sur ce qui s'était passé au château après le départ du peuple. Les détails donnés par Guerin comblent sur ce point une lacune importante.

3

De ce jour le grenadier du bataillon des Filles-Saint-Thomas fut au nombre des défenseurs zélés de la famille royale. Toutes les fois qu'on battait le rappel, il était des premiers à prendre les armes. Il profitait des rares moments de repos qu'il avait pour peindre les portraits de madame de Castellane et d'un enfant de la maréchale de Mailly. Le 28 juin il monta la garde au château, et les grenadiers reçurent le meilleur accueil du Roi et de la Reine. Le 14 juillet, on craignait des troubles ; le bataillon des Filles-Saint-Thomas resta aux Tuileries de six heures du matin jusqu'à huit heures du soir et en imposa par son énergique attitude aux gens mal intentionnés. Le 21 juillet Guerin fut chargé, avec huit de ses camarades, de s'opposer à la canaille qui cherchait à enfoncer avec une poutre une des portes des Tuileries. « Les gros verroux avaient déjà sauté et nous, qui nous attendions à chaque minute à la voir brisée, nous avions chargé nos armes et nous étions mis sur deux rangs, le chien armé et en joue, pour tomber dessus tout d'abord. Cette contenance les effraya, et le maire de Paris, qui arriva, acheva de les dissiper. » Le lendemain, qui était un dimanche, il monta la garde au château. Le 23, il y eut encore une alerte. C'est à cette date que s'arrête le journal de Jean Guerin. Les événements se précipitaient : aucun travail n'était plus possible à notre artiste, qui, par son éducation et ses relations constantes avec l'ancienne noblesse, se trouvait naturellement plus près des royalistes que des révolutionnaires (1). La journée du 10 août décida de la chute de Louis XVI. Jean Guerin, compromis avec la plupart de ses camarades par la conduite qu'il avait tenue depuis le 20 juin, dut quitter la capitale. Il se réfugia à Strasbourg, chez son frère. Il fut dénoncé et il était sur le point d'être arrêté, quand un jeune officier, Desaix, dont il avait gagné l'amitié, lui fit endosser un habit de soldat et l'emmena aux avant-postes. Cette généreuse intervention sauva Jean Guerin, qui se cacha dans le château d'Ištenviller, près Andlau (2). Après le 9 thermidor il quitta sa retraite et revint à Paris. Tous ses protecteurs, tous ses clients, avaient fui la France ou avaient péri sur l'échafaud (3) : il fallait que

---

(1) Jean Guerin ne cachait pas, d'ailleurs, ses sentiments. Un jour, étant chez David, où se trouvaient aussi Danton et Robespierre, il vit un dessin qui représentait une guillotine avec la tête de Louis XVI. Il manifesta hautement son indignation et sortit en s'écriant : « David, tu es un lâche ! plus de liaison entre nous. » (Cf. un article de L. Levrault dans la *Revue d'Alsace*, 2⁰ série, 1836, t. II, p. 254.)

(2) Cf. l'article nécrologique sur Jean Guerin publié par son ami L. Levrault dans la *Revue d'Alsace*, 2⁰ série, 1836, p. 258.

(3) Son compatriote et protecteur, le baron de Dietrich, maire constitutionnel de Strasbourg, chez lequel Rouget de Lisle composa la *Marseillaise*, avait été décapité le 28 décembre 1793.

Guerin, oublié, se refît à la fois une réputation et une fortune. Il s'installa quai Voltaire, nº 13, et se mit avec ardeur à l'ouvrage. Les clients ne .tardèrent pas à lui arriver ; cette fois ce n'étaient pas de grands seigneurs, mais l'aristocratie nouvelle de la révolution triomphante. Parmi les chefs les plus illustres des armées républicaines, Guerin comptait deux amis, son compatriote Kleber et le général Desaix, à qui il avait dû la vie. Il fit le portrait en miniature de Kleber et reproduisit avec un talent supérieur la mâle figure de ce héros (1). L'œuvre fut admirée de tous : Bonaparte voulut voir ce portrait si vanté et le fit demander à l'artiste ; il le garda plusieurs jours sur la cheminée de sa chambre à coucher, dans son appartement de la rue Chantereine (2). De ce jour, Guerin avait reconquis son ancienne réputation.

En 1797 Fiesinger, qui, après la journée du 10 août, avait, pour cause de modérantisme, quitté la France et s'était réfugié en Angleterre, revint à Paris (3). Les deux amis se retrouvèrent avec joie, et Fiesinger, que la Révolution avait ruiné, chercha de nouvelles combinaisons. Il s'associa, en 1798, avec Jean Guerin, pour la publication d'une *collection des Portraits des généraux les plus célèbres de la*

(1) Voici une lettre de Kleber à Jean Guerin :

« Mon cher Guerin, je ne sais où loge le commissaire Mathieu ; vous le savez sans doute. Priez-le donc de ma part de vouloir bien remettre au 3o le diner que je devais avoir le plaisir de lui offrir demain 29. Il me mettrait extrêmement à mon aise pour une affaire que je ne puis remettre. Ainsi le 3o je l'attends avec son frère, vous et Fiesinger : cela est attendu et irrévocable. Chargez-vous de la commission pour tous. Je n'ai pu vous aller voir hier. Aujourd'hui le brouillard rendrait ma démarche inutile, mais au premier coup de soleil je suis à vous. Vale.

« Kleber. »

« 28 ventôse. »

(2) Cf. *Revue d'Alsace*, ut suprà, p. 259.

(3) Ces faits nous sont révélés par la lettre suivante, qui a fait partie de la collection de M. Benjamin Fillon :

« Paris, 2 messidor an V (20 juin 1797).

« Citoyen ministre,

« Le citoyen Gabriel Fiesinger (étranger), artiste graveur, domicilié à Paris avant la Révolution, sorti de France en 1792, allant à Londres pour y exercer son art, a l'honneur de vous exposer qu'on lui a saisi à Calais, l'an second, et vendu au profit de la République vingt-six collections de portraits, composés de 21 membres de l'Assemblée constituante, comme l'atteste l'extrait ci-joint.

« Le citoyen Fiesinger ne réclame pas le montant de la vente injuste de ses effets, mais il prie le ministre de vouloir bien ordonner que deux petites caisses, l'une remplie de vieux livres presque tous classiques, l'autre de ses propres dessins, études, et quelques estampes, la plupart anciennes, puissent entrer de Douvres par Calais, sans payer les droits établis sur les marchandises étrangères ; le contenu de ces deux caisses ne pouvant être regardé

*République française* (1). Bonaparte, Kleber, Bernadotte et Lefebvre figurèrent les premiers dans cette galerie. Tous leurs autres compagnons d'armes tinrent à honneur de poser devant Jean Guerin. Une lettre de Kleber à ce dernier lui annonce que Desaix, Reynier et Championnet ne tarderont pas à lui prêter leurs augustes faces :

Je vous préviens, mon cher Guerin, que les généraux Desaix et Rénier sont arrivés hier à Paris et qu'ils y resteront quelques jours. Ils sont très disposés, tous les deux, de vous prêter leur auguste face ; ainsi annoncez-le à l'ami Fiesinger. Je vous préviendrai du jour où ils pourront vous donner séance, soit chez vous, soit chez moi. Le général Championnet sera pareillement ici dans quelques jours.

Je vous salue bien cordialement.

KLEBER.

comme marchandises destinées à être vendues, mais comme les effets d'un artiste dont l'intention est de fixer son séjour en France.

« Le soussigné espère que le Gouvernement voudra bien prendre sa demande en considération, eu égard à la perte qu'il a essuyée par cette saisie, perte qui se monte à huit cent soixante quatre livres, somme plus que double de ce qui seroit nécessaire pour les deux caisses.

« Salut et respect.

(1) Voici en quels termes le *Journal de Paris*, du 27 ventôse an VII (16 avril 1799) annonçait cette collection :

« Collection des portraits des généraux les plus célèbres de la République française.

« Toute la collection comprendra 36 à 40 portraits, dessinés par le citoyen J. Guerin et gravés en deux formats ; ceux en grand format par le citoyen Fiesinger, et ceux en petit sous sa direction, par son élève la citoyenne Herman.

« Les portraits finis et déjà publiés sont ceux des généraux Bonaparte, Kleber, Bernadotte et Lefebvre ; le prix de chaque portrait en grand est de 5 francs ; ceux en petit se vendent 1 fr. 50. A Paris, chez le citoyen Fiesinger, quai Voltaire, n° 13 ; chez le citoyen Jauffret, palais Égalité, n° 61, et chez tous les marchands d'estampes de l'Europe.

« Cette collection ne peut qu'être très agréable au public et plaira sans doute aussi aux artistes. »

Votre italien n'es pas vénu pour réparer mon Bélisaire.

Cependant Kleber partit pour l'Égypte. Il n'oublia pas son ami Guerin et lui écrivit souvent. Voici un des billets qu'il lui adressa d'Alexandrie :

Le bon jour à mon cher et brave ami Guerin. Le bon jour au grave et cher Fiesinger. Le porteur dira le reste.

KLEBER.

Alexandrie, le 20 vendémiaire an VII.

Peu de temps avant sa mort, désirant donner à Guerin un nouveau témoignage d'amitié, il lui envoya son-sabre qui, disait-il, avait servi la cause de la liberté contre les despotes coalisés (1).

Au salon de 1798 Guerin exposa la miniature de Kleber, qui est actuellement au musée du Louvre. Kleber est vu à mi-corps, relevant la tête avec animation et la tournant vers la droite ; il est vêtu d'un habit brodé d'or, entr'ouvert, et d'une ceinture rouge ; il porte une grande cravate noire. On admira cette mâle et noble physionomie, rendue magistralement par l'artiste, et la réputation de Jean Guerin fut encore accrue par ce succès si mérité (2).

La belle madame Récamier voulut être peinte par lui. Les deux billets suivants qu'elle adressa à notre artiste en sont le témoignage :

Je suis si souffrante ce mattin, Monsieur, qu'il me sera impossible d'aler chez vous, comme je vous l'avais dis. Si cela ne vous dérange pas, j'irai après-demain à l'heure où je devais y aler aujourd'hui et j'espère être plus exacte.

Recevez mes excuses et mes compliments.

J. R.

Je désire, Monsieur, que vous vouliez bien faire la copie que vous m'avez promise et je vous prierai, lorsqu'elle sera faitte, de vouloir bien me l'envoyer avec le petit tableau que

(1) Ce sabre et la lettre d'envoi à Guerin étaient entre les mains de M. Bixio.

(2) Le portrait de Kleber a été acquis par le musée du Louvre en 1849 moyennant 5oo fr.

je voudrais bien avoir encor quelques jours. Je voudrais bien aussi que cette copie ressemblat à la première. Vous n'oublierez pas que le fond de ciel faisait parfaitement.

Veuillez recevoir, Monsieur, tous mes compliments.

Aux beautés de l'ancien régime avaient succédé les beautés du nouveau. Le protégé de Marie-Antoinette devint celui de la sensible Joséphine. Napoléon, tout en prisant fort le talent de Guerin, lui préférait celui d'Isabey, son premier peintre en miniature. Au salon de 1803 Jean Guerin exposa un cadre renfermant plusieurs miniatures, parmi lesquelles le portrait du comte de Fries. En 1808 il peignit l'impératrice. Une lettre du secrétaire des commandements de celle-ci indique les observations que Joséphine fit sur son portrait.

Bayonne, le 7 juin 1808.

Je viens, Monsieur, de recevoir les deux portraits que vous m'avés annoncés par votre lettre du 29 du mois dernier. Je me suis empressé de les remettre à l'Impératrice, qui m'a chargé de vous transmettre les observations suivantes, savoir :

1° Que les cheveux sont un peu trop noirs.

2° Qu'il y a quelqu'adoucissement à donner à la pommette des joues et près du nez.

3° Qu'il faut adoucir aussi la machoire, qui parait trop forte, et qu'on pourrait, en général, désirer un peu plus de finesse.

4° Que le col est trop long et que la lèvre supérieure, surtout des côtés, a de même besoin d'être raccourcie.

Tels sont les petits changements qui ont paru nécessaires pour arriver à la ressemblance parfaite. Il n'y en a aucun à faire dans la coeffure ni dans l'ajustement.

S. M. l'Impératice désire que vous lui en fassiés une copie dans une proportion extrêmement petite et comme pour une bague.

J'ai l'honneur d'être très parfaitement, Monsieur,

Votre très humble et très obéissant serviteur

J. M. DESCHAMPS.

Cette lettre ne peint-elle pas au vif la coquette Joséphine ?

Au salon de 1810 Jean Guerin exposa le portrait du colonel baron Le Jeune, depuis général; à celui de 1812, une grande miniature sur vélin de l'Empereur. Cependant l'Empire tomba, et le salon, qui s'ouvrit le 1er novembre 1814, témoigna du changement de gouvernement (1). Aux portraits de la famille impériale succédèrent ceux de Louis XVIII et des princes de la maison de Bourbon. Isabey a été remplacé par Augustin, qui s'intitule peintre du cabinet du Roi, et expose les portraits du Roi, du duc de Berri et du duc d'Orléans. Les tableaux de bataille ont disparu et ont cédé la place à des sujets empruntés à l'histoire de l'ancien régime. Guerin, qui n'avait pas eu de position officielle sous l'Empire et que ses sympathies rattachaient aux Bourbons, exposa, cette fois, un cadre de miniatures. Au salon de 1817 le portrait de Henri de La Rochejaquelein par Pierre Guerin, l'entrée de Henri IV par Gérard, Henri IV et ses enfants par Revoil, une apothéose de Louis XVI et de Marie-Antoinette marquèrent le triomphe de la Restauration. Jean Guerin exposa encore plusieurs miniatures, parmi lesquelles le portrait du lieutenant-général Damas. Il figura aussi aux salons de 1822, de 1824 et de 1827. Dès lors il vécut dans la retraite. Il avait refusé les plus brillantes offres de Bernadotte, devenu roi de Suède, qui voulait l'attirer à sa cour. Jean Guerin préférait aux splendeurs des cours une vie calme et tranquille et les douceurs de l'amitié. Après avoir vu, en 1830, la chute nouvelle de la dynastie des Bourbons, il se retira à Obernai, dans la famille Levrault; c'est là qu'il mourut en 1835, à l'âge de 74 ans, laissant la réputation d'un des plus habiles artistes en un genre qui déclinait de jour en jour et que la découverte de la photographie a presque complètement anéanti.

(1) Un critique, Durdent, publia un compte rendu de ce salon, sous ce titre: *L'École française en 1814 ou examen critique des ouvrages de peinture, sculpture, architecture et gravure, exposés au Salon du Musée royal des Arts;* Paris, Martinet, 1814, in-8º de 130 pages.

Durdent commence ainsi: « Ce salon était attendu avec impatience, mais aussi avec quelque inquiétude. On était bien assuré que les talents des artistes ne seraient plus employés à retracer des massacres, des embrasemens, et que, sur la toile comme en réalité, le démon de la destruction n'exercerait plus son funeste empire. On se flattait que du moins quelques peintres, quelques dessinateurs doués d'un talent facile exprimeraient les traits chéris du Roi et des personnes de la famille royale. On ne désespérait même pas de voir, ne fut-ce qu'en esquisses, quelques-uns des événemens qui ont signalé un retour si ardemment désiré, si longtemps attendu. Mais, d'un autre côté, que les artistes avaient eu peu de temps pour exécuter quelques ouvrages dignes de pareils sujets! Avant la grande et décisive époque du 31 mars, qu'avaient-ils pu faire pendant un grand nombre de mois?... »

Je donne ici son portrait d'après une miniature peinte par lui-même et conservée par son petit-neveu, M. Jules Guerin, et le fac-similé de son écriture et de sa signature.

Cette première signature date de l'époque révolutionnaire. Sous la Restauration notre artiste signait souvent, quand il écrivait à son neveu : *Jean le vieux*.

## GABRIEL-CHRISTOPHE, NÉ EN 1790, MORT EN 1846

Gabriel-Christophe Guerin, fils de Christophe et neveu du précédent, naquit à Kehl le 9 novembre 1790. Il étudia d'abord le dessin sous la direction de son père, qui l'envoya à Paris en 1810. Son oncle Jean, alors dans toute la puissance de son talent et de sa réputation, le fit entrer à l'école des Beaux-Arts dans l'atelier du peintre classique Regnault. Gabriel Guerin ne tarda pas à se distinguer par son application et par ses progrès. Son père, dans une lettre du 20 janvier 1812, le félicita en ces termes :

Tu as fait un bon pas pour la perfection du dessin, car les extrémités de tes figures sont bien mieux rendues que sur les précédentes et d'une touche plus ferme. Tes études peintes me satisfont aussi. Il y a de l'effet dans la tête à barbe, et le dos de ton académie a des tons délicats et bien fondus.

Le 21 mars suivant il mérita ce certificat flatteur du secrétaire perpétuel de l'école des Beaux-Arts :

Je soussigné secrétaire-perpétuel de l'école spéciale des Beaux-arts certifie que M. Gabriel-Christophe Guerin, natif

son écriture et de sa signature

Gabriel, naquit à Kehl le direction de son père, qui leur alors dans toute la puissance de entrer à l'école des Beaux-Arts Regnault. Gabriel Guerin

Tu as fait extrémités de tes figures précédentes et d'une touche plus ferme me satisfont aussi. Il y a de l'effet dans la dos de ton académie a des tons délicats et

Le 21 mars suivant il perpétuel de l'école des Beaux-Arts

Le soussigné secrétaire-perpétuel M. Gabriel-Christophe Gu

de Strasbourg, âgé de 21 ans, est élève de l'école de peinture
et regardé par les professeurs comme un de ceux qui, par
leurs dispositions, donnent le plus d'espérances. En foi de
quoi j'ai signé le présent certificat à Paris le 21 mars 1812.

Mérimée.

Il obtint en 1814 une troisième et une deuxième médailles et une
première au mois de janvier 1815. Le 30 octobre 1813 le célèbre
peintre Gérard lui avait délivré un certificat des plus honorables :

Je soussigné professeur en exercice aux écoles spéciales des
Beaux-arts certifie que M. Gabriel Guerin, élève de M. Regnault, se fait également remarquer par la meilleure conduite
et par les plus heureuses dispositions et qu'une étude suivie doit
nécessairement lui assurer une place distinguée dans les arts.

Paris, le 30 octobre 1813.

F. Gérard,<br>membre de l'Institut, de la légion d'honneur, etc.

C'est au salon de 1817 qu'il exposa pour la première fois : son
tableau, *la Mort de Polynice*, lui valut une médaille d'honneur.
L'auteur en fit don au musée de Strasbourg (1). Au salon de 1819
figurèrent un *Baptême de Jésus-Christ*, qui devait orner l'église Saint-
François d'Assise, et un portrait en pied de Louis XVIII, destiné à la
préfecture d'Albi. En 1822, il exposa un *Servius Tullius* (2), qui obtint
ensuite une médaille d'honneur à Lille, et l'*Invention de la lyre et du
chant*, que possède actuellement M. Jules Guerin. Justement fière du
talent et des heureux succès d'un artiste, dont la famille était une des
gloires artistiques de l'Alsace, la ville de Strasbourg chargea son maire,
M. de Kentzinger (3), de faire les propositions les plus flatteuses à Gabriel
Guerin. On lui offrit, s'il voulait revenir à Strasbourg, la survivance
de la charge de conservateur du musée, occupée par son père, et une
place de professeur de dessin au lycée et à l'école industrielle. Gabriel
Guerin, qui aimait passionnément son pays natal, n'hésita pas à accepter

---

(1) Ce tableau a été brûlé lors du bombardement de Strasbourg en 1870.
(2) Ce tableau, qui avait été acquis par le musée de Strasbourg, a été brûlé
en 1870.
(3) Gabriel Guerin avait peint le portrait de M. de Kentzinger; ce portrait était conservé
au musée de Strasbourg où il a été brûlé en 1870.

4

ces offres et il revint s'établir à Strasbourg auprès de son père. Dès lors il travailla presque exclusivement pour l'Alsace, dont nombre d'églises et de monuments contiennent des tableaux de lui. Il envoya rarement ses œuvres à Paris. Cependant au salon de 1827 il exposa l'*Invention de l'imprimerie à Strasbourg en 1436* (1), en 1831 des costumes alsaciens et, en 1844, *la Vierge et l'Enfant Jésus* (2). Il fit aussi une *Adoration des Bergers*, qui est actuellement dans la cathédrale de Strasbourg, et le portrait de M. Schwilgué, le restaurateur de la fameuse horloge de la dite cathédrale.

Gabriel Guerin fit un grand nombre de portraits, parmi lesquels ceux de Benjamin Constant, peint alors que celui-ci fut élu député par les Strasbourgeois (3), et de Humann, ministre des finances de Louis-Philippe (4). Il faut citer aussi, parmi ses œuvres les plus importantes, une *Scène de la vie de Lantara*, *Richelieu et madame de Chevreuse* et *Condé et mademoiselle de Montpensier* (5).

Gabriel Guerin avait ouvert un atelier, qui fut fréquenté par un grand nombre d'élèves. C'est de cet atelier que sont sortis Brion, Henner, Haffner, Lix, Gluck, Schuler, Jung, Pradel et Schutzenberger.

Gabriel Guerin mourut le 20 septembre 1846, d'une chute de voiture, pendant une partie de plaisir qu'il faisait avec des amis en Bavière. Il a laissé un fils, M. Jules Guerin, qui, sans avoir suivi la carrière artistique, a conservé pieusement les traditions de sa famille et m'a confié les documents qui m'ont servi à faire le présent travail.

Gabriel Guerin avait un frère, Jean-Baptiste, qui fut aussi peintre et qui lui succéda comme conservateur du musée de Strasbourg.

(1) Ce tableau fut acquis par le duc d'Orléans, depuis Louis-Philippe, et fut conservé jusqu'en 1848 dans les galeries du Palais-Royal. On ignore s'il existe encore.

(2) Ce tableau a été cédé, au mois de juillet 1879, par Mademoiselle Cornélie Guerin, au musée de Strasbourg, qui ne possédait plus, depuis les incendies de 1870, aucune œuvre du célèbre peintre alsacien.

(3) Ce portrait, très caractéristique, n'a jamais été reproduit. Il est actuellement conservé par Madame Verwoort, une des filles de Gabriel Guerin.

(4) Ce portrait est actuellement entre les mains de M. Jules Guerin.

(5) Ces trois tableaux sont conservés par M. Jules Guerin.

# GÉNÉALOGIE DE LA FAMILLE GUÉRIN

**JEAN**
né en 1734, mort en 1787.

**EDMOND**

**CHRISTOPHE**
né en 1758, mort en 1831.

**JEAN-URBAIN**
né en 1761, mort en 1835.

**GABRIEL-CHRISTOPHE**
né en 1790, mort en 1846.

**JEAN-BAPTISTE**

**GABRIELLE**

**CORNÉLIE**

**VALÉRIE**

**JULES**

**PALMYRE**
épouse de M. Verwoort.

**VALÉRIE**
épouse de M. Anatole France.

**GEORGES**

IMPRIMÉ

PAR

CL. MOTTEROZ

A

PARIS

90